1

FSC
www.fsc.org

MIX

Papier aus ver-
antwortungsvollen
Quellen
Paper from
responsible sources

FSC® C105338

König muss sterben

Hein Paler

Impressum

Bibliografische Information der Deutschen

Nationalbibliothek:

Die Deutsche Nationalbibliothek verzeichnet diese
Publikation in der Deutschen Nationalbibliografie;

detaillierte bibliografische Daten sind im Internet über

http://bnb.bdb.de abrufbar.

© 2021 Hein Paler

Herstellung und Verlag: BoD – Books on Demand

Norderstedt

ISBN: 9 783753 465197

Selig, die Frieden schaffen:

Sie werden Gottes Kinder heißen.

Matthäus 5, 9

Friede macht Reichtum;

Reichtum macht Übermut;

Übermut macht Krieg;

Krieg macht Demut;

Demut macht Frieden.

Arabisch

Frieden

Rassismus

ist kein Privileg der Weißen. Es gibt ihn in verschiedenen
Farben.

Dan Paine und Dutch Cuyp

planen, einen Mann zu töten.

Sie meinen, sie hätten das Recht dazu.

Denn der Mann, der beseitigt werden muss, ist ein
Oberbonze der Krevobuunba (Kreaturen von Busch und
Baum).

Diese Naturstämme bilden sich ernsthaft ein, sie ständen
auf der gleichen Stufe wie normale Menschen.

Dan und Dutch meinen, sie hätten die Pflicht,
den Krevobuunda zu töten.

Denn ihre *Armee des Lichts*
kämpft für eine bessere und reine Welt.

In der ist kein Platz für Schmutz und Krevobuunba.

Diese Subjekte müssen akzeptieren, dass ihr Platz der untere Rand der Gesellschaft ist.

Wenn sie dem widersprechen, sind sie zu vertreiben oder auszurotten.

Im Rahmen dieses Krieges sind Dan und Dutch als aktive Kämpfer bereit, gnadenlos zu tun, was getan werden muss.

Frieden ist ...

- **kein Geschenk des Himmels.**

- **nicht die Zeit zwischen zwei Kriegen.**

Spruch

Erich Fried

Ich bin der Sieg

mein Vater war der Krieg

der Friede ist mein lieber Sohn

der gleicht meinem Vater schon

Die Zeit nach einem Krieg ist geprägt von Wunden, Verzweiflung, Zorn, Nicht-vergessen-können und Nicht-vergeben-wollen. – Das ist kein Frieden.

Die Zeit vor einem Krieg ist geprägt von Verachtung, Sich-gekränkt-fühlen, Wut, Aggression, Aufrüstung (äußerer und innerer) – Das ist kein Frieden.

Frieden ist mehr als die Abwesenheit von Krieg.

In Zeiten des Friedens

-    geben wir unseren Nachbarn das Recht,

    so leben, wie sie wollen.

Gleichzeitig

-    geben sie uns das Recht,

    so zu leben, wie wir wollen.

Das Problem liegt einfach darin, dass in der Wohnung nebenan Nachbarn mit völlig anderen Einstellungen und Vorstellungen leben:

Sie haben einen anderen Tagesrhythmus, ein anderes Verständnis von Sauberkeit, tragen andere Kleidung, hören andere Musik, bevorzugen andere Farben, praktizieren eine andere Religion, eine andere Art der Kindererziehung,

sprechen eine andere Sprache,

haben andere Vorstellungen von Wohnungen, Häusern und Grundstücken,

feiern andere Feste,

haben eine andere Art Autos zu fahren und zu parken,

andere Einstellungen zu Familie und Nachbarschaft,

essen andere Speisen, lieben andere Gewürze,

ihre Vorstellungen von laut und leise sind nicht akzeptabel...

Da passt wenig zusammen.

Wenn wir nun trotz aller Unterschiede möglichst reibungslos in einem Haus nebeneinander leben wollen (oder in einem Staat), müssen Regeln ausgehandelt werden.

Auf Augenhöhe. Unter Wahrung geltender Gesetze. Unbehagen muss deutlich ausgesprochen und realistische Lösungen abgesprochen werden. Mit absolutem Respekt vor unseren Nachbarn, die leider so ganz anders sind...

Das gelingt nie zu hundert Prozent.

Denn jede Vereinbarung bietet Spielraum für andere Interpretationen. Manchmal werden Vereinbarungen aus Übermut gebrochen (Das ist menschlich), und manchmal werden ihre Grenzen ausgetestet (Das ist gefährlich).

Unter diesen Umständen ist die Frage erlaubt:

Wenn Frieden so zerbrechlich ist und ständig neue mühsame Absprachen erfordert, was bringt er uns überhaupt?

Ein altes Sprichwort wusste:

Friede ernährt, Unfriede verzehrt.

Unfriede herrscht, wenn Nachbarn sich gegenseitig die Scheiben einwerfen.

Dem folgen Reparaturen, Zank und Streit, der Bau von Mauern, Sprachlosigkeit... (Gute Zeiten für Anwälte und Rüstungskonzerne)

Frieden brauchen wir, um gemeinsam Aufgaben zu bewältigen, an denen einzelne scheitern müssen, z.B. den Bau von Brücken.

Um große Ideen zu verwirklichen, benötigen wir die Hilfe anderer Menschen. Die besitzen Fähigkeiten, Fertigkeiten und Kenntnisse, die uns selbst fehlen.

Während des gemeinsamen Arbeitens bemerken wir, dass jeder Mensch etwas anders gestrickt ist.

Jeder hat seinen eigenen Tagesrhythmus, seine eigene Art die Arbeit zu organisieren, seine eigene Art zu kommunizieren.

Damit das große Ziel, beispielsweise der Bau einer Brücke über den Fluss zustande kommt, müssen sich alle aufeinander einstellen,

sich schlimmstenfalls „zusammenraufen".

So entsteht, trotz aller Differenzen, ein gemeinsames Werk, das wiederum allen nutzt.

Wer beim gemeinsamen Tun Offenheit entwickelt, guckt sich von fremden Kolleg*innen manch Interessantes ab.

Getränke, Rezepte, modische Accessoires, Arbeits- und Lebensgewohnheiten...

Positives Neben- und Miteinander bereichert, lässt Freundschaften entstehen...

Ideen entwickeln sich, Produkte und Unternehmen, die weltweite Resonanz finden.

Friedlich gelebte Unterschiedlichkeit strahlt aus und wirkt anziehend (auch auf Touristen).

Frieden stellt sich nie von selbst ein. Wir müssen ihn wollen. Die „anderen" müssen ihn wollen. Um Frieden (also: Toleranz plus Kommunikation) muss jeden Tag gerungen werden.

Und trotz aller mit ihm verbunden Umstände, Ärgernisse und Rückschläge ist Frieden besser als jeder Krieg.

Besonders jener Krieg, der im folgenden Abschnitt beschrieben werden muss.

Krieg

15 Uhr

Dan: Die Wette gilt doch, Dutch? Also: Gegen den Krevobuunba wird mit einem Schuss eingeschritten. Nur einem einzigen Schuss. Klappt alles, bekomme ich 25 Dollar. Die kannst du mir jetzt schon geben.

Dutch: Das schaffst du nicht. Du bist zwar der beste Schütze unserer Countyarmee. Aber der Krevobuunba wird nicht still stehen bleiben und dir zuwinken. Außerdem hast du dein neues Gewehr nicht einmal eingeschossen. Die Wette gilt!

Okay, du hast schon verloren! *Ordnung* und ich sind beste Kameraden. Bei Snyder´s hatte ich zehn Gewehre in der Hand. *Ordnung* sagte gleich beim ersten Griff „Guten Tag!" zu mir.

Ordnung? Dein Remington 760 Gamemaster heißt *Ordnung?*

Dan: Yep, *Ordnung* ! Das wollen wir doch. Eine Welt, in der alles seine Ordnung hat.

Dutch: Stimmt. Das müssen wir den Kreaturen von Busch und Baum beibringen. So etwa in drei Stunden zum Beispiel.

Stellst du jetzt bitte die Getränke in den Kühlschrank?

Aber sicher! ... Du, Dan, der Kühlschrank taugt nichts. Der kühlt nicht richtig. Und sein Licht tut´s auch nicht. Naja, in diesem Null-Sterne-Hotel dürfen wir auch keine Ansprüche stellen.

Einen müssen wir stellen: Ab 17.30 Uhr darf sich niemand in der Etagendusche aufhalten. Außer uns natürlich.

So wird es sein. Denn vor der Dusche hängt ein Zettel für Belegungswünsche. Gleich beim Raufkommen habe ich unser Zimmer 18 ab 17.15 Uhr eingetragen. Belegung bis 18.30 Uhr.

Gut so! Leider kann von keinem Hotelzimmer hier direkt auf den Krevobuunba geschossen werden. Dazu müsste man sich samt Gewehr weit aus dem Fenster lehnen.

Nur die Fenster der Etagendusche bieten freies Schussfeld in Richtung Krevobuunba. Und die Feuer-wache nebenan. Aber in der sitzen Königs Bodyguards.

20 Meter von uns entfernt. Und völlig blind.

Aber nicht taub. Dan, lass den Fernseher nur leise laufen, nicht in deiner üblichen Lautstärke.

Heute bleibt der zur Feier des Tages mal aus. Ich trinke auch nur eine Dose Bier.

Dutch: Ach, du willst nur ein Bier trinken? Es ist ja nett, wenn du mir sieben Cans überlassen willst. Aber es ist besser, wenn ich auch nüchtern bleibe.

Das bedeutet: Wir haben zu wenig Flüssigkeit für unsere Kehlen. Nur je zwei Cans Limo und Cola.

Dan: Im Erdgeschoss steht ein Automat. Du könntest jetzt noch Nachschub besorgen.

Okay. Das verbinde ich mit einem Kontrollgang durch die Flure. Reichen drei Cola für dich?

Besser vier! – Was siehst du mich so an?

Zwei oder drei Dollar wird der Automat schon verlangen.

Du kannst das Geld von meinem Wettgewinn abziehen.

Bist du pleite, Dan? Wie immer?

Nee, diesmal nicht wie immer. Wir hatten beide für unser Einschreiten heute Geld gebunkert. Auch ich. Wirklich, Dutch!

Aber dann lief alles schief. Fuller zahlte 75 weniger. Meine alte Karre schrie nach Öl, und diesmal tankte ich voll. Heute dürfen wir nicht eine Meile hinter Memphis liegen bleiben. Ordnung war 35 Dollar teurer als eingeplant. Dazu noch 30 Schuss Munition. Und die halbe Miete für Zimmer 18. Jetzt steckt kein Dollar mehr in meiner Tasche.

Wieso zahlte dir Fuller 75 weniger?

Er habe diesmal keine Aufträge von Klagges Farm bekommen. Ich schlug ihm vor, das Abladen zu übernehmen. Und jetzt kommt´s: Fuller sagte, die Abbot-Brüder erledigten das für den halben Lohn!

Was für ein Wahnsinn! Krevobuunba stehlen meinen Lohn! Was suchen die hier? Die sollen zurück in ihren Busch.

Dutch: Ehrlich? Fuller gibt Krevobuunda Arbeit und dir nicht? Ich dachte, der sei passives Mitglied unserer *Armee des Lichts?*

Dan: Wenn der auch nur zehn Cent sparen kann, vergisst er seine Mitgliedschaft bei uns sofort.

In New York führen sich die Krevobuunba noch krasser auf. Wenn sich einer von denen um eine Stelle als Polizist beworben hat und die nicht bekommt, brüllen sie im Chor *„Wir werden unterdrückt!"* und sofort bekommt der Krevobuunba den Posten. So läuft das!

Yep! Die können nichts, im Prinzip weniger als nichts. Aber sich als Opfer darzustellen, darin sind sie Weltmeister!

Dr. Holmes verdeutlichte in seinem Vortrag über den Erdteil der Krevobuunba, wie rückständig die sind.

Eigentlich leben die auf dem Mond. Kein Strom, kein Wasser, keine Betten, keine Toiletten, keine Türen und Fenster.

Keine Straßen, keine Nachrichten von was auch immer. Die wissen kein bisschen davon, dass unsere Zivilisation dabei ist, den Mond zu erobern.

Für die ist der Mond ein Gott. Oder ein Dämon.

Die kamen aus der hintersten Steinzeit zu uns. Natürlich sind die durch die Begegnung mit der Zivilisation erst einmal gelähmt. So ist das!

Sagte Dr. Holmes nicht auch, die brauchen mindestens fünf Generationen, um in unserer Kultur anzukommen?

Dutch: Die werden unsere Kulturstufe nie erreichen.
Dazu fehlt ihnen die notwendige Intelligenz. Denk an
die Abbot-Brüder. Die haben immer nur abgeschrieben.
Und das auch noch falsch.
Jetzt geh ich aber los, um die Getränke zu besorgen.
Du kannst ja schon mal die Tücher zum Abwischen der
Spuren auspacken und das Falsche-Fährten-Material.

Dan: Yep! Befindet sich alles im grünen Stoffbeutel? -
Wie kamen wir eigentlich auf diese brillante Idee? Zur
Müllkippe fahren, da Kleidungsstücke, Illustrierte und
anderen Kram sammeln, und alles hier in Zimmer 18
verstreuen?

Schon vergessen? Unsere letzte blaue Nacht. Wir
inhalierten 20 Cans Bier und meditierten darüber, wie
wir falsche Spuren legen könnten.   –   Bis gleich, Dan.

Bis später, Dutch.

15.46 Uhr

Dutch: Fürs Badezimmer läuft alles klar, Dan. Zwei Zimmer haben sich nach uns eingetragen, eines für 18.30 und eines für 19 Uhr.

Dan: Warst du auch im Keller, Dutch?

Ja. Für das Verstecken von *Ordnung* liegt alles parat. Unser Werkzeug der Gerechtigkeit werde ich in die Höhlung schieben. Die wird mit den beiden lockeren Bodenfliesen abgedeckt. Auf die Fliesen lege ich noch die vier Bretter. Zur Freude unserer Jäger und zu ihrer Ablenkung.
Vor den Hohlraum drücke ich die quadratische Wandplatte. Die wirkt richtig fest verbaut. Wie gut, dass Gerald uns von dem Klammersystem erzählte. Zum Schluss schiebe ich die die große Wäschekiste vor die Wandplatte. Schade, dass wir schon drei Wetten laufen haben.
Sonst wettete ich dir: Die brauchen mehr als zwölf Stunden, bis sie *Ordnung* finden werden.

Yep! Da bin ich ganz deiner Meinung. Aber du musst alles in vier Minuten geregelt haben: Das Gewehr nach unten tragen, es in die Höhlung schieben, Fliesen drüber, Bretter auf die Fliesen legen. Wandplatte vor die Bretter, Wäschekiste vor die Wand. Und dann ab mit dir. Treffpunkt Ausfahrt Parkplatz.

Vergiss nicht: Nach vier Minuten ist die Zeit der Verwirrung vorbei. Dann werden die cleveren unter den Bodyguards beginning, den Schützen zu suchen.

Dutch: Vier Minuten reichen. In denen wird alles ohne jüdische Hast erledigt. - Hast du inzwischen hier die falschen Hinweise verstreut?

Dan: Yep! Mit Küchenhandschuhen, wie du es befahlst. Das T-Shirt unter das rechte Kopfkissen, Schuhe und Jacke in den Schrank, die Hose auf den Schrank, die Zeitung in den Papierkorb, die Zahnpastatube ins Badezimmer und drei Cans zieren bereits den Tisch.

Bis die Polizei diese Spuren ausgewertet hat, ist ein Jahr vergangen.

Dieser elende Aufwand! Am Wochenende müssen wir uns nicht so verstecken. Sheriff Tucker wird das Polieren von Brians Nüssen als übliche Keilerei abtun.

Brian? Jetzt kannst du an Brian denken?

Ach, dieses Subjekt interessiert doch gar nicht. Es geht um Beryl. Dass die sich in einen Krevobuunba verguckt. Wie kann sie nur? Es gibt genug von unser Qualität um sie herum. Sind die nicht attraktiv? Muss sie ihren guten Ruf verscherzen? Wenn sie Brian in seine Büsche folgt… Mit Beryl will dann doch kein anständiger Kerl mehr was zu tun haben.

Diese Schande! Wir Paines sind eine anständige Familie. Und jetzt werden wir zum Gespött der Stadt. Meine Schwester und ein Krevobuunba!

Übertreibst du da nicht? Beryl hat doch auch das Recht, nach Jungen zu sehen dürfen. Die ist erst 16.

Nicht nach Krevobuunba!

Dutch: Aber das war doch harmlos. Ich sah nichts als ein paar Blicke während der Schulfeier.

Dan: Dutch! Brian blickte sie auch an. Und wie! Das Feuer ist entfacht.

Wirklich? Hat du Zeugen? Haben die beiden danach miteinander telefoniert? Trafen sie sich irgendwo? Gingen sie gemeinsam ins Kino? Hat sie jemand dabei gesehen?

Bisher noch nicht. Die wissen ganz genau, dass ich zur *Armee des Lichts* gehöre. Zwischen denen läuft alles heimlich ab. Selbst Mom weiß von nichts. Wenn sie es mir nicht verschweigt...

Du hast deine Mutter gefragt? Aber du misstraust ihr?

Die Sache ist die: Mom verachtet die Krevobuunba. Aber sie liebt Beryl.

Verstehe.

Das tust du nicht. Du hast keine Schwester! Beryl, diese dumme Pute. In Gedanken sehe ich es immer wieder vor mir. Und mir wird schlecht dabei. Wie diese Kreatur Brian ihren Stängel in meine Schwester hineinschiebt. Und sie schreit nicht. Sie wehrt sich nicht. Sie läuft nicht davon.

Beryl spielt mit ihrer Ehre. Und mit unserer! Der Name Paine ist noch nie befleckt worden. Beryl setzt ihre Zukunft aufs Spiel. Wegen eines unmöglichen Krevobuunba.

So gesehen hast du völlig Recht, Dan. Brain braucht eine Lektion. Selbst wenn nichts zwischen den beiden war. Oder nur wenig. Er hat sie angesehen. Das wird er nie wieder machen. Sonst wird er brennen und nicht nur seine Hoden.

21

Dan: Du kennst dich doch aus mit Medizin. Wenn seine Nüsse ein halbes Jahr brauchen, bis sie wieder Samen lassen... Kann sich sein Stängel während dieser Zeit überhaupt aufrichten?

Dutch: Keine Ahnung. Wer wirkt samstags beim Einschreiten noch mit? Caleb, Wyatt, Luke, Matt?

Die habe ich angesprochen. Caleb und Matt brennen jedenfalls auf ihre erste Bewährung in unserer lokalen Armeejugend. Luke wird auf alle Fälle kommen. Bei Wyatt setze ich ein Fragezeichen: Er sagt immer Ja. Dann findet er regelmäßig Gründe, um nicht kommen: Ein Onkel wurde krank, oder eine Kuh ist ausgerissen…

Wyatt ist mit dem Mund aktiv und mit den Händen passiv. Das war er eigentlich schon immer. Doch First Lieutenant Thain verwarnte ihn bisher nicht einmal…

Thain führt die Truppe zu weich. Das wird anders, wenn wir das Kommando haben.

Ohne Wyatt sind wir immer noch fünf. Und Brain wird allein im Schuppen sein. Ist auch wirklich sicher, dass Sheriff Tucker Dienst hat und nicht Sheriff Copeland?

Caleb und Matt sind Jugendliche. Aber wir anderen vier sind erwachsen. So, wie wir Ronny belehren werden… Wenn Copeland da nachbohrt… Irgendwelche Zeugen wird er dann finden. Der ist gegen unsere *Armee des Lichts*.

Das sagt der nur. Der tut auch nur so. First Lieutenant Thain erklärte mir Copelands Verhalten. Der spielt nur den Freund der Krevobuunba. Unternähmen die Sheriffs nichts, würden die Krevobuunba sich zum Mob organisieren, Häuser anzünden und Kaufhäuser plündern. Also sucht Copeland nach Schuldigen. Dann und wann findet er sogar mal einen. Die fälligen Urteile bleiben mild. Schließlich gehören keine Krevobuunba zur Jury. Also: Der Sheriff tat sein Bestes. Und das Urteil des Gerichts fällt nicht in seine Zuständigkeit.

Dutch: So läuft das also. Milde Urteile... Welches Urteil fällt die Jury Dan in Sachen Beryl?

Dan: Die prügle ich windelweich. Noch morgen. Noch vor Brain. Beryl soll ruhig mal eine Woche hässlich rumlaufen. Nicht einmal der letzte Krevobuunba soll sich für sie interessieren.
„Besser, du bist todhässlich, als das du sozial tot bist", werde ich ihr sagen. Ungeschriebene Gesetze unserer Gesellschaft dürfen nicht verletzt werden.

So ist es! Wir und die Krevobuunda, hell und dunkel. Das passt absolut nicht zusammen. Die riechen anders, die haben einen anderen Körperbau und andere Haare.

Yep! Schon die Körper der Griechen und Römer waren stattlich und sportlich. Sogar die der Ägypter, obwohl deren Haut zu dunkel war. Aber Form ihrer Körper war okay.

Dagegen die Krevobuunba. Ihren Körpern merkt jeder sofort das Leben in den Bäumen und Büschen an. Die waren Jahrtausende lang ihr Zuhause!

Die müssen sich erst einmal in rechtwinklige Räume hineinleben, mit unseren Türen und Treppen. Überhaupt in eine Welt mit durchdachten Strukturen. Wir können die Welt planen, die Krevobuunba nicht. Allein ihr Haarwuchs zeigt, wieviel Tier noch in ihnen steckt.

Dan: Yep! Sie liegen nun einmal entwicklungsmäßig weit hinter uns. Dabei ist unsere Entwicklung noch nicht einmal abgeschlossen. Unsere Nachkommen werden noch intelligenter sein als wir es jetzt sind. Und auch athletischer.

Ob sich die Krevobuunba überhaupt weiterentwickeln können? Was meinst du eigentlich? Stammen wir Menschen alle von Adam und Eva ab? Monogenese oder Polygenese? Gab es mehrere unterschiedliche Urväter und Urmütter? Deren Nachfahren jeweils hell, schattiert oder dunkel waren?

Dutch: Für mich spricht alles dafür, dass die Ethnien verschiedene Urvorfahren haben. Die menschlichen Hautfarben können nicht allein von der Umwelt geprägt sein. Sonst müssten alle Brasilianer tiefdunkel sein und alle Inuit grellhell.

16.00 Uhr

Dan: Und wenn wir von Wesen aus dem All
abstammen? Vielleicht von unterschiedlichen Planeten?

Dutch: Dann sollten diese Aliens unbedingt ein Bier mit
uns beiden trinken. Mir sind nämlich noch nie Mars-
menschen begegnet. Und dir ebenso wenig. Diese Welt-
all-Behauptungen halte ich für überzogen.
Auch die Atlantis- oder Thule-Theorien sind nicht sehr
überzeugend. Irgendwelche weisen Denker aus diesen
Städten sollen seit Jahrtausenden geheimstes Wissen
verwaltet haben. Für die Armee des Lichts, in
tiefverborgenen Höhlen.

Also meine Tante ist von geheimen Verbindungen unser
Vorfahren mit Aldebran überzeugt. Aldebran muss irgend-
ein Sonnensystem sein. Dritte Wolke links und so. Meine
Tante ist sich ganz sicher, dass wir Hellen von dort
stammen.

Da bin ich sehr skeptisch. Aber diese vielen Überliefe-
rungen weisen auf einen wahren Kern. Sie sind kein blo-
ßes Gerede, keine Kindermärchen. Diese Überlieferun-
gen bezeugen unsere Sonderstellung: Wir stehen auf
Stufe eins der Rangordnung. Unsere helle Hautfarbe,
unsere hellen Köpfe und unsere hunderttausend Jahre
zurückreichende Geschichte... Sie zeichnen uns aus.

Die fehlt den anderen. Sie mögen vielleicht Menschen
sein. Aber sie stehen nicht auf unserer Stufe. Deshalb
kämpfe ich in der *Armee des Lichts*.

Dan: Das hast du toll gesagt. Das muss ich unbedingt aufschreiben. Für die nächste Vereidigung der Rekruten unserer Jugendarmee. Wenn dabei allein auf die amerikanische Verfassung geschworen wird, ist das zu wenig.

Dutch: Aber der Schwur auf die Verfassung muss sein. Mein Vater kam ja als Niederländer nach Tennessee. Aus Liebe zu meiner Mutter. Und jetzt er ist so stolz darauf, Bürger der Vereinigten Staaten zu sein.

Aber von der *Armee des Lichts* hält er nichts.

Leider. Er schwafelt immer davon, dass in den Niederlanden früher sogar Juden verfolgt worden seien. Er will keine Unterschiede zwischen den Menschen sehen. Da ist er einfach blind.

„Siehst du nicht, das wir Cuyps hell sind und die Abbots dunkel?", fragte ich ihn. Wieder hielt er mir einen ellenlangen Vortrag darüber, wie gleich die Menschen wären. Das habe die Wissenschaft festgestellt. „Dr. Holmes weiß es besser", dachte ich mir. Gesagt habe ich es nicht.

Yep! In einigen Punkten kann man mit den Alten einfach nicht reden... - Jedenfalls wird Captain Selby völlig sprachlos sein über unser Einschreiten.

Unsere Absicht liegt schriftlich dem Stab der Lokal- und dem Stab der Countyarmee vor:

„Daniel Jordan Paine und William Peter Cuyp (genannt Dutch), planen ein Einschreiten.
Ort: Memphis

Datum: 4. April 1969, nachmittags
Ziel: ein Krevobuunba-Bonze"

Schon diese Ankündigung wird alle in Erstaunen versetzen. Es wird die Stäbe umhauen, dass wir uns gleich
an einen Oberbonzen heranpirschen. Läuft alles glatt,
- Und das wird es! - wird unsere Lokalarmee das
höchste Ansehen in der ganzen Bundesstaatsarmee
genießen. Mehr noch: In der ganzen Regionalarmee.

Dan: First Lieutenant Thain wird durch unser
Einschreiten bestimmt auf höhere Posten gesetzt. Und
Captain Selby kann seinen Neffen nicht mehr als Lieutenant installieren. Stell dir vor: der Student Liam Dickingson
als Nachfolger von Thain, als nächster First Lieutenant der
Jugendarmee unseres Countys. Das geht nicht. Das Einschreiten heute ändert alles. Einer von uns beiden wird
den Posten bekommen.

Dutch: Sei nicht so bescheiden. Der Rang des First
Lieutenant steht dir zu.

Du weißt, Selby hat etwas gegen uns Paines. Und dein
Anteil am heutigen Ereignis ist wirklich gleich groß.

Captain Selby hat vermutlich gar nichts gegen euch
Paines. Er hat nur deutlich mehr für seine Familie übrig.

Du redest schon wie dein Vater. „Die *Armee des Lichts* ist
nichts anderes als eine *Armee der Clans*."

Von außen gesehen wirkt es so. Leider. Captain Selby,
Leiter unserer Countyarmee ist Schwiegersohn von
Major Laren. Der kommandiert unsere Bundesstaaten-
armee Tennessee. Und ist Cousin von Colonel Black, dem
Kommandeur der Distriktarmee Mitte/West. Ist es so
oder ist es so, Dan?

27

Dan: Dabei entwickelte sich diese personale Struktur völlig ungewollt. Der Aufbau unserer Armee des Lichts erfolgte unglaublich rasch. Major Laren und anderen fielen die Posten zu, weil es keine anderen Offiziere gab. Die Kritiker, die sich darüber das Maul zerreißen, vergessen eines: Unsere Zahl verfünffachte sich innerhalb von sieben Jahren.

Dutch: Warten wir einfach ab, wie Selbys Gratulation an dich ausfällt.

Und die an dich. Jetzt müssen wir dazu erst einmal die notwendigen Fakten schaffen. Als Fundament brauche ich mein Bier.

Alle Cans sind im Kühlschrank… Hier, bitte!
Sag mal, dieser Krevobuunba-Bonze hat einen Doktor-Titel. Dumm kann dieser König dann wirklich nicht sein.

Vermutlich konnte der besser auswendig lernen als die Tatums. Alle US-Universitäten sind an eine geheime feste Regel gebunden: Einmal pro Jahr müssen sie einem Krevobuunba einen Doktor-Titel zuschieben. Sonst dreht ihnen der Staat den Geldhahn zu.

So läuft das also. Es geht ja auch nicht anders. Denn mehr als die Ideen anderer wiederholen können die Busch- und Baumkreaturen wirklich nicht. Guck dich um, alle Leistungen in Wissenschaft, Kultur und Technik kommen von uns. Wir bringen seit über zweitausend Jahren den Fortschritt in die Welt.

Yep! Newton, Darwin, Kelvin, Faraday, Bessemer, Volta, Pasteur, Rutherford, Lorentz, Watt, Edison, Huygens…

Schriftsteller wie Shakespeare, Stephen King, Mark Twain, Edgar Allen Poe, Virginia Wolf… Komponisten, z.B. Leonhard Bernstein, Edward Elger, Samuel Barber, George Gershwin, Mozart, Puccini...

Dan: Filmschauspieler: Henry Fonda, Marylin Monroe, John Wayne, Maureen O`Hara, Marlon Brando, Yul Brunner, Charlton Heston, Barbara Streisand, Gary Cooper, Doris Day, Ingrid Bergman, Humphrey Bogart...

Dutch: Maler wie Rembrandt, van Dyke, Rubens, Franz Hals, Da Vinci, Roy Lichtenstein, Edward Hopper...

Alle Erfindungen: Flugzeuge, Autos, Elektrizität, Turbinen, elektronische Rechner, Raketen, Atombomben, Rotationsdruckmaschinen, Bügeleisen, Kühlschränke, Fön, Rasierapparat, Küchenmixer, Fernseher...

Und früher: Fernrohre, Segelschiffe, Kanonen, Wasserrohre, Siphons, Webmaschinen, Lokomotiven, Dampfschiffe, Fahrstühle, Hochhäuser, Kräne, Bagger, Waschmaschinen, Radios, Supermärkte, Telefone, Radargeräte...

Die komplexesten Zusammenhänge wurden entschlüsselt wie das Periodensystem der Elemente. Impfseren gegen Pocken und Kinderlähmung entwickelt. Unser Sonnensystem wird präzise erforscht. - Und die Krevobuunba? Die üben sich derweil im Voodo-Zaubern.

Wir bestimmen auch die Musik. Elvis Presley, die Beatles, Früher mal die Maria Calas...

Krevobuunba sollen hochmusikalisch sein. Aber was für Instrumente benutzen sie? Unsere: Trompete, Klavier, Saxophon...

Wenn ich diesen Jazz höre. Der ist absolut keine Musik. Das ist Urwald. Und dazu nichts als Grumpf-Texte: bripbrubnuk luhuluhu sunigr lahalaha grotak lilhilihi nik. So sprachen wir als Babys, das ist Müll.

Dutch: Die Krevobuunba erhalten völlig überzogene Anerkennung für ihr bisschen Können. Was leisten sie denn dabei? Sie kopieren unsere Künstler und sie verfälschen sie. Weil sie nicht die richtigen Tasten treffen. So ist das nämlich.

Das machen sie sogar bei Weihnachtskrippen. Die legen wahrhaftig ein dunkles Jesuskind in die Krippe. Was für ein Blödsinn! Alle wissen, dass Jesus helle Haut hatte. Welche sonst? Maria und Josef gehörten keinesfalls zu den Völkern von Busch und Baum.

Dan: Yep! Glaubst du eigentlich, dass Krevobuunba in den Himmel kommen? Der ist doch strahlend hell. Da herrscht glänzende Helligkeit... Im Himmel gibt es keinen einzigen dunklen Flecken. Da oben ist nur Reinheit. Da passen die Krevobuunba nicht hin.

Gott wird sie im Himmel in helle Kleidung stecken. Dort könnte er ihnen sogar helle Haut schenken. Wenn sie so dunkel bleiben, wie sie sind, müssen sie wahrscheinlich vorborgen auf den Emporen stehen. Ganz hinten oder ganz oben. Damit wir sie nicht sehen müssen. Und Gott auch nicht.

Du glaubst also, dass Gott den Krevobuunba einen Platz im Jenseits gibt? Dazu fehlen ihnen zumindest auf unserem Planeten Würde und Wissen. Wir müssen uns hier auf der Erde damit abquälen, diese unterirdischen Objekte erst einmal zu halbwegs sozialen Wesen zu erziehen.

Rudyard Kipling schrieb das schon 1900: „Nehmt auf euch des weißen Mannes Bürde. Erzieht sie, selbst wenn sie es euch nicht danken."
    - Txx!

Dutch: Also, nein! Kannst du mich nicht wenigstens heute mit deinen Blähungen verschonen? Das stinkt ja bestialisch. Wie Krevobuunba-Parfüm. Es geht nicht anders, das Fenster muss auf…
Das riecht ja ekelhaft! Wie in Abbots Hütte!

Dan: Reg dich ab. Das war keine Absicht. Die Gase waren plötzlich da und ließen sich nicht bremsen. Jetzt spiel hier nicht die empfindliche Krankenschwester. Gerade du lässt deinen Darm oft genug Flöte spielen. Manchmal auch Pauke.

Meine Methanwolken lasse ich kontrolliert ab. Wenn Situation und Gelegenheit passen. Und gute Freunde in der Nähe sind.

Öffne das Fenster nur einen Spalt! Niemand soll uns sehen. Regel acht: Beim Einschreiten möglichst alle Zufälle vermeiden.
Du, mein Edelgas gerade, das kam wirklich unangekündigt. Irgendwie rebelliert mein Magen heute. So eine Blähung kam jedem entfahren. Jetzt gerade mir.

Trotzdem: Uns Zivilisierten passieren solche Missgeschicke ohne Absicht. Wir benutzen Toilettenpapier und halten Hygieneregeln ein.
Im Gegensatz zu den Krevobuunba. Hank Lowe beobachtete mehrfach, wie die Familien aus der River-Lane ihren eigenen Kot benutzten, um die Grenzen ihrer Felder zu markieren. Die packen wirklich ihre Exkremente mit den

blanken Händen. Und kennzeichnen damit die Grenzen ihrer Felder. So wie Hunde die Grenzen ihrer Reviere mit ihrem Urin markieren.

Dutch: Wie primitiv. Wie unterirdisch. Wenn man das vergleicht: Fast alle Tiere kann man mit Geduld und Zuwendung dressieren. Bis auf die ohne Gehirn. Krevobuunba zu dressieren ist auch unmöglich. Warum wohl?

Dan: Yep! Noch etwas zum Thema Exkremente. Habe ich dir das schon mal erzählt? Hank Lowe berichtete von einer weiteren Beobachtung. Diese fetten schillernden Fliegen, die von einem Kuhfladen zum nächsten fliegen.

Da gibt es mehrere Arten. Die stärkeren von denen setzen sich nur auf Exkremente von uns Hellen. Den Dreck der Dunklen überlassen sie den niederen Fliegen. Mr. Jacker, der Biolehrer, hat Hanks Beobachtung bestätigt.
Hank kann übrigens am Duft unterscheiden, ob ein Urin-lache von uns oder von einem Krevobuunba ausgeschieden wurde.

Ist das nicht furchtbar? Die Natur kennt ihre Ordnung. Eine ganze Reihe von Menschen nicht. Diese Studierten und Reichen in ihren Villenvierteln können bequem behaupten, dass alle Menschen gleich sind, und die Zugehörigkeit zu einer Rasse keine Rolle spielt.

Haben die in ihrem praktischen Alltag mit Krevobuunba zu tun? Nein! Die kennen die Naturstämme nur aus den Medien. - Aber wir, wir müssen neben denen wohnen und sind gezwungen, mit denen zu arbeiten.

So ist es! Die schütteln den Kopf über Kiplings „The White Man's Burden." Aber er schrieb die Wahrheit über die Krevobuunba:

Wir als Träger des Lichts bekämpfen ihre Hungersnöte

und besiegen ihre Krankheiten. Ihr Dank: Sie beschimpfen und verhöhnen uns. Sie bleiben finstere Gestalten, halbe Teufel, halbe Kinder. Alles muss ihnen hundertmal erklärt werden. Ihre Dummheit vernichtet alle Hoffnungen auf positive Veränderungen.

Die schreien: „Wir wollen nicht frei sein, denn wir sehnen uns nach den Fleischtöpfen Ägyptens." So wie die Israeliten damals auf ihrer Flucht durch die Wüste. Krevobuunba beharren auf ihren tierischen Bräuchen und ihrem dunklen Denken.

Das galt vor 500 Jahren, das galt vor hundert Jahren, das gilt jetzt, das gilt noch in 300 Jahren.

Dan: Yep! Deshalb stimmen Hank Lowes Beobachtungen zu ihrem Greifen nach Exkrementen zu hundert Prozent.

Dutch: Na ja, Hank würde ich nie als Zeugen benennen. Egal, worum es geht… Obwohl ich dem zutraue, dass er Kot und Urin sammelt und beschnüffelt.

Die Lowes leben ja selbst im Dreck. Ihr Haus stinkt wie eine öffentliche Toilette, die beiden Hunde erledigen ihre Geschäfte auch im Haus, in der Speisekammer leben gleich zwei Mäusesippen, die Fenster sind absolut blind. Jeder Krevobuunba-Schuppen in der River-Lane ist sauberer.

Nun gut. An Hank liegt das nicht. Mr. Lowe füllt sich jeden Tag mit zwei Pullen Schnaps ab und Mrs. Lowe verlässt immer wieder Mann und Kinder…

Die Lowes sind ein Kapitel für sich. Leider. Aber auch da zeigen sich entscheidende Unterschiede zwischen uns und denen aus dem Busch. Hanks Eltern mögen bekloppt sein. Aber er ist clever. Er gehörte zu den besten in der Schule.

Dutch: Du sagst es! Hank wuchs unter bescheidenen Umständen auf. Aber selbst in seinem Kopf steckt jede Menge Gehirnschmalz! Kuck dir dagegen die Krevobuunba an! Wie können wir diesen Unterbelichteten helfen, wenn in ihren Köpfen die wichtigsten Schaltungen einfach nicht vorhanden sind.?

Dan: Ständen uns doch nur die Vril – Kräfte zur Verfügung. Mit diesen geheimen Lebenskräften könnte unsere Armee die Natur beherrschen. Damit müssten wir diese primitiven Baumclans doch um Existenzstufen höher puschen können, oder?
Du guckst so skeptisch! Naja, das mit der Vril-Kraft ist wohl eher ein Märchen. Obwohl Priester aus Atlantis das geheime Wissen über Vril weitergaben. Es wäre wirklich gut, wenn das mit den Vril-Kräften stimmte.

Das wäre es. Doch Vril-Kräfte gehören wahrscheinlich in den Bereich der Mythen. Und von Mythen möchte ich zurzeit gar nichts hören. Mein Vater überschüttet mich seit einer Woche mit einem grotesken Mythos. Seine Behauptungen ärgerten mich maßlos. Mit den Fäusten schlug ich fest auf den Tisch. Das Geschirr tanzte hin und her.

Also, mein Vater behauptet, Captain Selby habe ihn vor zwei Wochen angerufen. Er redete meinem Vater ins Gewissen. „Sie gehören leider im Gegensatz zu ihrem Sohn nicht zur Armee des Lichts, Mr. Cuyp. Aber Sie wollen doch in unserem County weitere Aufträge bekommen." Dafür müsste mein Vater deutliche Zeichen setzen. Er solle den Auftrag der Krevobuunba-Methodisten nicht annehmen.
Die hatten meinen Vater beauftragt, Pläne zur

Vergrößerung ihrer Kirche ausarbeiten. Und auch des danebenstehenden Gemeindehauses.

Das wird dieses Jahr das größte Bauprojekt weit und breit. Der Verzicht auf diesen Auftrag bedeutet für meinen Vater einen großen finanziellen Verlust. Aber konnte er Captain Selbys versteckte Drohung außer Acht lassen? Nach zwei schlaflosen Nächten ließ mein Vater den Auftrag sausen.
Vor drei Tagen traf er zufällig den Priester der Methodisten. Der erzählte ihm, dass Captain Selbys Schwager Dylan Dickingson den Auftrag ausführen wird. Der Vater von Liam Dickingson. Der Vater des von Selby für uns vorgeschlagenen First Lieutenants. Angeblich soll der jetzt eine Krevobuunba-Kirche vergrößern! Das ist absurd. Und völlig lachhaft.

Aber mein Vater stand vor mir und sagte: „Hol eine Bibel! Ich werde auf die Bibel schwören. Dickingson hat meinen Auftrag übernommen." In dem Moment hätte ich hätte meinen Vater erschlagen können!

Dan: Yep! Das kann nur ein Witz sein. Ein ganz schlechter Witz, den dein Vater da macht. Niemals wird jemand aus Selbys Familie sich Krevobuunba andienen.

Dutch: So ist es! Mein Vater ist gegen unsere Armee des Lichts. Dem ist jedes Mittel recht, mich, dich, uns alle zu verunsichern!

Dein Vater ist doch waschechter Amerikaner, nicht wahr? Und er kam als Niederländer hierher? Aus Liebe zu deiner Mutter?

So war es. Sie wurde während des Zweiten Weltkrieges

als Krankenschwester eingesetzt. In Europa; zuerst in England und danach in den Niederlanden. Meine Eltern lernten sich in Amsterdam kennen. Mein Vater ging schon Weihnachten 1945 mit ihr hierhin. Mein Onkel folgte ihm drei Jahre später. Und jetzt gehören die Cuyps zu Tennessee wie die Vögel zum Himmel, sagen die beiden immer.

Dan: Nur das Problem mit den Krevobuunba hat dein Vater nicht verstanden.

Dutch: Das hat er schon, Dan. Jedoch erklärt er seine Sicht der Dinge so: Als junger Mann habe er erleben müssen, wie die Juden in den Niederlanden zuerst ausgegrenzt wurden. Die durften keine Fahrräder mehr benutzen und keine Busse. Dann mussten sie sich verstecken. Viele wurden verraten und verhaftet. Mein Vater sagt: Kein Mensch darf sich über einen anderen stellen.

Das sind doch zwei ganz verschiedene Blätter. Die Juden da und die Krevobuunba hier. Dein Vater ist zwar amerikanischer Bürger, aber mit einem halben Fuß lebt er noch immer an der Nordsee. Dagegen bist komplett hier angekommen, Dutch. Trotz deines witzigen Spitznamens.

So sehe ich das auch. Ich bin Amerikaner, durch und durch. Und bewusster Kämpfer der Armee des Lichts. Deshalb stellten wir uns diese Aufgabe für heute, unser Einschreiten. Im Namen des Lichts, der Reinheit, einer besseren Welt.

Kennt dein Vater eigentlich die Gerüchte über Captain Murray?

Den Vorgänger von Captain Selby? Nein. Sonst würde

er mir das ständig unter die Nase reiben. Diese Gerüchte halte ich für Blödsinn. Ein Offizier der Armee des Lichts wird doch niemals einen unserer Männer an die Polizei verraten. Noch dazu einen First Lieutenant.

Dan: Yep! Aber meine Eltern sind von Murrays Verrat überzeugt. Mein Vater war damals ganz aktiv in unser Lokalarmee des Lichts. „First Lieutenant Catlos war ein Glücksfall. Er war clever, stets aktiv und vor allem immer gut drauf", erinnert sich mein Vater. „Sogar Männer, die in Nachbarorten wohnten, kamen zu uns. Denn Catlos zog alle Menschen mit magnetischer Kraft an. Er hatte eine tolle Truppe aufgebaut."

Dutch: Aber es gab doch dieses Missverständnis. Da war noch eine Krevobuunba-Familie in dem Haus, als in den Stall daneben ein brennendes Streichholz geworfen wurde. Sheriff Copeland ermittelte First Lieutenant Catlos als Täter. Das war sein erster Fall. Catlos wurde zu 20 Jahren Haft verurteilt. Zwanzig Jahre wegen eines dummen Unfalls!

Meine Eltern meinen, Copeland hätte nie herausgefunden, wer der Täter war. Jemand muss dem Sheriff muss gesteckt haben, wo er Beweise finden kann. Die kamen bestimmt nicht von Catlos´ Truppe. „Wir standen geschlossen hinter ihm!", berichtet mein Vater.
Wenn ich über die Zusammenhänge nachdenke… Als Informant bleibt nur Captain Murray übrig. Der war ein Sesselfurzer, aber kein Mann. Warum bekam er den Posten? Er mit Major White verwandt.

Da gibt es dieses Gerücht: Murray war neidisch auf Catlos. Murray wirkte nicht überzeugend und war als Captain eine Niete, wird erzählt. Nicht nur von deinen Eltern. Captain Selby löste ihn ja auch bald ab.

Dan: Yep! Murray machte sich aus dem Staub und ließ sich von seiner Firma nach England versetzen. Mein Onkel meint, er floh aus Angst vor Rache. Die haben Verräter auch verdient. Bekäme ich den Befehl einzuschreiten in Sachen Murray...
Damit hätte ich kein Problem. So wie bei König. Murray fügte unserer Armee des Lichts einen unendlichen Schaden zu. Die Hälfte der Männer ging, auch mein Vater! Verrat ist so schuftig.

Dutch: Bewiesen ist aber nichts. Nach allem, was über Captain Murray erzählt wird. Der war so überkorrekt und übervorsichtig. Dem traue ich keinen Verrat zu.

Tut mir leid. Da bin ich nicht deiner Meinung.

Wechseln wir das Thema. Es ist nicht gut, wenn wir uns in dieser Situation streiten. Lass uns über Krevobuunba-Bastarde reden. Wegen meiner Herkunft denke ich öfter über deren Position nach. Als Sohn einer Amerikanerin und eines eingewanderten Niederländers hatte ich keine Probleme, mich zu integrieren.
Aber Bastarde, deren Eltern zwei verschiedene Hautfarben haben... Die werden ihr ganzes Leben lang nie zu einer Ethnie gehören.

Wie denn auch? Die gehören nicht auf die Bäume und nicht auf die Erde. Die sind weder in den Büschen zu Haus noch in Gebäuden mit Strom- und Wasseranschluss. Sie sich nicht hell und nicht dunkel genug.

Dutch: Du sagst es. Wir sagen zu Bastarden: „Du bist ein Krevobuunba." Die von Baum und Busch sagen Ihnen: „Verschwinde! Du gehörst zu den Hellen." Wo enden diese Mischlinge? Im Alkohol oder im Gefängnis.

Dan: Oder sie ziehen weg. Wie der Martin Sturges aus Huntingdon. Urplötzlich war der verschwunden. Soll nach New Orleans gegangen sein.

Dutch: Aus sozial-hygienischen Gründen darf es keine Bastarde geben. Die Eugeniker haben festgestellt: Wenn sich verschiedenartiges Blut mischt, setzen sich immer die schlechten Eigenschaften durch.

Yep! Das ist völlig logisch. Wer zur Spitze gehören will, muss sich dafür anstrengen. Egal, ob als Sportler, als Wissenschaftler oder als Künstler. Wirkliche Spitzengene, dieses rassige Blut, das gibt es seltener. Dahinter stecken Können, Fleiß, Arbeit, viel eigene Leistung und die gute Vererbung von den Generationen davor.

Faul sein und beschränkt bleiben wollen wie die Krevobuunba, das kann jeder. Das ist genetische Grundausstattung. Die wissenschaftlichen Gesetze belegen das.

So ist es. Unser Blut muss rein bleiben. Fremdkörper schaden. Statistiken von Polizei und Gesundheitsbehörden beweisen das. Die Zeitungen sind voll davon.

Da sind Männer mit eigentlich hellen Vorfahren, bis auf beispielsweise eine einzige Krevobuunba als Großmutter. 20 Jahre lang arbeiten sie brav und gesetzestreu in ihren Berufen, haben Frau und Kinder. Urplötzlich befallen sie die durch schlechte Vererbung eingepflanzten Dämonen. Prompt zerren sie Frauen hinters Gebüsch und bespringen sie.

Oder sie massakrieren ihre Kinder. Um das zu verhindern, wenden die Gerichte in südlichen Bundesstaaten die *Ein-Tropfen-Regel* an. Da haben sich erfreulicherweise mal die Eugeniker durchgesetzt.

Hell sind nur die, bei denen sich erstens vier Generationen lang nur Helle paarten, und zweitens darf in der fünften Generation davor nur ein Krevobuunba vorkommen.

Dutch: Wenn du da nachrechnest, dann wird dir bewusst, wie schädlich der Einfluss des Krevobuunba-Blutes ist. Also: Erste Generation: du. Zweite Generation: deine beiden Eltern. Dritte Generation: Deine vier Großeltern. Vierte Generation: acht Urgroßeltern. Fünfte Generation: 16 Ururgroßeltern. Unter diesen 16 ist nur ein Krevobuunba erlaubt.

Dan: Wahnsinn. Schon zwei Krevobuunba unter 16 Ururgroßeltern und dein Erbgut ist unrein und verdorben.

Es gibt ja sieben Wurzelrassen der Menschheit, erklärte Dr. Holmes bei einem seiner Vorträge. Wie viel besser stände es um unser Amerika, überhaupt um die ganze Welt, wenn jede menschliche Spezies unter sich bliebe?

Und wenn jede Rasse ihren Platz akzeptierte. Sowie die damit verbundenen Aufgaben. Wir Hellen sind für den Fortschritt zuständig. Beispiel Raumfahrt: Nächstes Jahr betreten wir den Mond.

Dafür vermehren die Krevobuunba und andere Unterstufen sich wie Ungeziefer. Die Angst vor der Überbevölkerung unseres Planeten ist nicht unbegründet. Also, beim Sex sind die Krevobuunda und ihresgleichen uns haushoch überlegen. In denen steckt noch das ungezähmt Animalische.

Die stehen so tief unten im Keller. Bisher entwickelten die nicht einmal das natürliche Bewusstsein für ihre ganz eigene Art und eigene Kultur.

Dan: Yep! Darum müssen wir um jeden Preis rein bleiben, streng unter uns bleiben. Das werde ich Emily einprügeln. Wenn es sein muss, jede Woche aufs Neue.

Dutch: Emily ist doch nicht auf den Kopf gefallen. Sprich mit ihr über die fundamentalen Tatsachen: Wir kommen aus dem Norden, die Krevobuunba aber aus dem Süden. Diese unterschiedliche Herkunft ist ein entscheidender Schlüssel zur Erklärung. Denn es gilt die biologische Regel: „Kalte Luft strafft Menschen, warme Luft erschlafft Menschen."
Wir aus dem Norden sind darin geübt, unsere Energien einzuteilen. Unsere Umwelt zwang uns dazu. Dieses Training fehlt denen von Busch und Baum.

Yep! Selbst der rote Skunk Karl Marx stimmte dieser Erkenntnis zu. Als Dr. Holmes das berichtete, hörte ich ihm mal genau zu. Marx blieb nichts anderes übrig, als dem französischen Naturforscher Pierre Trémaux zuzustimmen. Schon 1866, vor über hundert Jahren, veröffentlichte Trémaux ein Buch. In dem wies er unwiderlegbar nach: Die Umwelt bestimmt die Herausbildung charaktermäßiger Eigenschaften von Ethnien.
Besonders die Bodenarten, auf denen Völker leben, wirken sich auf deren Verhalten aus. Die Beschaffenheit des Erdbodens - je nachdem, ob fest, ob sandig, ob feucht, ob trocken - fordert zu unterschiedlicher Bearbeitung und Nutzung heraus. Weil jede Bodenart die auf ihr lebenden Menschen anders fordert, entwickeln sich im Laufe der Generationen unterschiedliche Ethnien. Die Wucht von Trémaux´ Beweisen überzeugte selbst den Kommunisten Marx.

So war es! Das muss jedem einleuchten. Auch Emely. Hat dieser Trémaux vielleicht auch erforscht, ob

unterschiedliche Bodenqualitäten unterschiedliche
Düfte von Blähungen bewirken?

Dan: Werd nicht albern, Dutch! Erinnere dich besser
daran, wie das war, als du in Olivia verknallt warst. Mehrfach informierte ich dich, dass zwischen ihr und Hank
Edgerton etwas lief. Aber in deiner Blindheit glaubtest du
mir nicht.

Dutch: Dan, ich wiederhole es. Du liegst falsch,
bestimmt. Emely will keine Beziehung mit diesem Baum-
Busch-Boy. Auch deshalb werden ihr Trémaux´ Erkenntnisse gleich einleuchten.

Vorsicht, Dutch. Gewöhnlich bist du cleverer als ich. Das
stelle ich gar nicht in Zweifel. Aber wenn es um Gefühle
geht, habe ich das bessere Gespür! Ich spüre sofort, wenn
es irgendwie zwischen zweien funkt.

Dan, sei nicht so hart zu Emily. Hab Geduld mit ihr. Du
hattest doch auch Geduld mit mir.

Olivia war ja auch keine Krevobuunba.

Emily wird sich auf keinen Fall ernsthaft mit Brian
Carrey einlassen, ganz bestimmt. Sie denkt so wie wir.
Vor kurzem sprach ich mit ihr über die besondere Rolle
des Blutes. Darüber schrieb Arthur de Gobineau in
seinem Werk „Versuch über die Ungleichheit der
Menschen."

Schon im vergangenen Jahrhundert bereicherte er die
Wissenschaft mit der Feststellung, dass Blut kultur-
fördernd ist. Vermutlich noch stärker als die Bodenarten. In unserem Blut stecken die Arbeit, das Nach-
denken, das Handeln, die Leistungen und Erfolge aller
Generationen vor uns. Das macht letztlich auch

unseren Vorsprung vor den Dunklen aus. Den werden die nie einholen.

Dan: Yep! Wir sind drüber. Deshalb bereitete unserm dritten Präsidenten Thomas Jefferson auch die Sklavenhaltung keine Probleme.
Der Allgemeine Kongress der Bevollmächtigten unserer Vereinigten Staaten schrieb in der Unabhängigkeitserklärung: „Wir halten diese Wahrheiten in sich für einleuchtend: dass alle Menschen gleich geschaffen sind, dass sie von ihrem Schöpfer mit gewissen angeborenen und unveräußerlichen Rechten ausgestattet sind, darunter Leben, Freiheit und Streben nach Glück..."

Das gilt für alle Menschen. Jedoch fallen die Krevobuunba sofort durch das Sieb der Qualitäts-Prüfung: Kein wohlgeformter Körperbau, zu wenig Verstand und unfähig, ihre Triebe zu beherrschen. Krevobuunba zählen einfach nicht zu den Menschen, für die unsere Verfassung gilt.

Diese Tatsache lässt sich nicht wegdiskutieren. Die zwischen uns und ihnen bestehenden Unterschiede sind und bleiben ewige Wahrheit. Genau deshalb nahm Thomas Jefferson Sklaven in seine Obhut. Als ihr Master bewahrte er sie davor, sich und anderen zu schaden. Er wies ihnen die Richtungen an, weil sie damals die einfachsten Ziele nicht sahen.

Dutch: Du sagst es. Bis heute hat sich daran nichts geändert. Nur ganz wenige von ihnen sind in der Lage, Ziele zu erkennen. Und sich selbst welche zu setzen. Denen sind die einfachsten Zusammenhänge nicht bewusst. Wenn die Krevobuunba diese Tatsachen doch akzeptierten. Stattdessen bestehen sie darauf, auf der gleichen Stufe wie wir zu stehen.
Es ist doch nicht zu ändern: Sie entstammen nun einmal

der Dimension der nächtlichen Schatten. Die fürchten das Licht der Erkenntnis. Warum sagen sie nicht einfach Ja zu ihrer Abstammung und ihren Vorfahren? Das tun wir doch auch!

Dann können wir nebeneinander leben. Sogar in den gleichen Straßen, in besten Beziehungen. Das kann problemlos funktionieren. Erinnerst du dich zum Beispiel noch an den Sturm, bei dem Clark Jackman mir das Leben rettete?

Dan: Das war ja wohl Krevobuunba-Pflicht, ein Kind der Hellen zu retten.

Dutch: Nein. Niemand hätte ihm einen Vorwurf machen können. Es ging für alle um Leben und Tod. Nichts zwang Clark dazu, seine Hütte zu verlassen. Aber er riskierte sein Leben, um meines zu retten. Im letzten Moment riss er mich von dem umstürzenden Schuppen weg. Wir waren ihm dafür sehr dankbar.

Na, klar! Deine Eltern gaben ihm zwanzig Dollar. Das hatte er einkalkuliert. Ihm ging es ums Geld, nicht um dich.

Nein, bestimmt nicht. In dieser Situation, bei Windstärke 12, kann Clark nur zwei Möglichkeiten gesehen haben: Entweder er blieb in seinem Unterschlupf, oder er riskierte sein Leben, um mich zu retten

Willst du mir jetzt ein Lied vom edlen Krevobuunba vorsingen? Wo doch viele von ihnen den Kannibalismus ihrer heiß-feuchten Heimat praktizieren? Jetzt und hier bei uns? Obwohl sie in zivilisierten Staaten aufwachsen durften? Seit Jahrzehnten versuchen wir vergeblich, sie von ihren Bäumen zu locken.

Dutch: Die Kriminalstatistiken geben dir Recht. In unserem Land verschwinden unfassbar viele Menschen. Ganz plötzlich und für immer. Dahinter stecken auf jeden Fall Krevobuunba. Die füllen nicht umsonst unsere Gefängnisse. Selbst König war da schon drin. Angeblich nur wegen zu schnellen Fahrens.

Dan: Phil Tyler klärt uns ja ständig über aktuelle Polizeiakten auf. Auch über die kannibalischen Praktiken der finsteren Barbaren. Das wird streng geheim gehalten. Alle Sheriffs und Polizisten hier im Süden wissen darüber Bescheid. Aber sie müssen schwören, darüber zu schweigen. Sonst würde unsere Armee des Lichts manche Gefängnisse stürmen und die Täter lynchen. Und das ganz zurecht: Opfern jedes Fingerglied einzeln abzuhacken. Und die Zehen. Die Ohren abzuschneiden und die Zunge...

Hör bitte auf damit! Ich möchte gleich noch meine beiden Sandwichs essen.

Aber genau wegen dieses Unterschiedes sind wir doch hier. Da werden barbarischster Sadismus und Voodoo-Kult praktiziert. Opfern werden die Messer nicht ins Herz gestochen. Nein, ihre Halsschlagadern werden aufgeschlitzt, um sie zu schächten. Damit all ihr Blut ausfließt, während sie leben.
Dieses Blut fangen Krevobuunba auf und trinken es! Nicht alle, aber die mit dem Steinzeit-Erbgut. - Fleisch der Opfer wird gekocht oder gebraten! Herzen werden vergraben, während sie noch warm sind! Nieren, Lebern, Lungen werden verwendet, um geheime Medizin...

Hör sofort auf! Jetzt schmeckt mir nichts mehr. Dabei brauche ich in den nächsten Stunden unbedingt Energie und Konzentration. Statt dir gleich helfen zu können, hänge ich dann in Zimmer 18 als spuckender Wischmopp herum.

Daran bis du Schuld! Verschone mich mit weiteren Einzelheiten. Alle wissen doch, dass die so barbarisch sind.

Dan: Entschuldige, ich vergaß deine Empfindlichkeit. Aber Phil Tyler hat Recht. Wir dürfen diese Widerlichkeiten nicht verschweigen und nie vergessen.

Dutch: So ist es! Was Tyler berichtet, ist wichtig. Aber wie er die Details vorträgt... Er wühlt sich richtig in diesen tiefen Schmutz ein. Kann jemand Spaß an der Beschreibung des Unmenschlichen haben? Sich an grauenhaften Details berauschen? Captain Selby lässt Phil Tyler zwar sehr viele Vorträge halten. Die beiden sind seit dem Kindergarten befreundet.
Aber ich ziehe Dr. Holmes als Referenten vor. Der bringt immer neue Aspekte. Wie beim letzten Mal: Nietzsches Gedanken zum Übermenschen. Die sind ein Impuls für unsere Armee des Lichts.

Mir geht es genau anders herum. Ich höre lieber Phil Tyler zu. Der bleibt bei den nüchternen Tatsachen und nennt die Dinge beim Namen. Auch wenn sie noch so abscheulich sind. Dr. Holmes´ redet über Themen, die sich zu wenig auf den praktischen Alltag beziehen.

Ach ja? Wer von uns beiden hat sich denn überschlagen vor Begeisterung, als Dr. Holmes über das Plantagen-system referierte? Wie gut es für die Krevobuunba war, in geregelten Tagesabläufen zu leben? Mit genauen Arbeitsanweisungen? Wie ein System von klaren Regeln und harten Strafen sie nach und nach zivilisierte? Das alles kannten die doch zwischen ihren Bäumen und Büschen nicht: Arbeit, Respekt, Gesetze...

Dan: Das war ausnahmsweise ein wichtiger Vortrag von Holmes. Das Plantagensystem bedeutete Verantwortung. So wie Eltern sie für ihre Kinder übernehmen, übernahmen die Pantagenbesitzer die Verantwortung für die Krevobuunba. Mit dem Ende dieses Systems waren die Krevobuunba zwar frei, aber sie fielen ins Nichts. In Armut und Kriminalität.

Bis dahin hatten ihre Besitzer ihnen geholfen, erzogen sie, versorgten sie mit Nahrung, Kleidung, Hütten, lehrten sie, Lesen, Rechnen und Religion. Nur die Gegner des Plantagensystems sahen die Sklaverei negativ. Wohin führte die Zerstörung dieses gegenseitigen Gebens und Nehmens? In das Chaos, in den unerklärten Krieg, in dem wir heute leben.

17.05 h

Dutch: Diese Gedanken musst du unserer Jungend-
armee vortragen, wenn Captain Selby dich zu ihrem
First Lieutenant gemacht hat. Der kann unser
Einschreiten im Punkt König nicht beiseite wischen.
Auch wenn ihm das nicht schmecken wird….

Also, ich wechsle gleich aus Zimmer 18 zur
Etagendusche. Schon mit deiner Remington 760
Gamemaster. Du packst all unsere Sachen in den
Rucksack. Vergiss auf keinen Fall, alle Flächen
abzuwischen, die wir berührt haben.

Dan: Keine Sorge, hier wird gründlich gereinigt. Die
werden staunen, was die Armee des Lichts unter
Sauberkeit versteht.

Sie werden bestimmt staunen. Ich staune übrigens über
etwas anderes: Du ärgerst dich über Brian Carreys
Blicke in Richtung Emiliy. Wie war das mit deinen
Blicken auf Kaylee und später noch Aubree? Die sind
doch Krevobuunba…

Damals sah ich das noch nicht so entschieden. Meine
Güte, wir waren 16…, nutzten Zeit und Gelegenheit zu
Spaß und Flirten. Berühren, küssen und anderes. Sie
waren damit einverstanden; Aubree mehr, Kaylee weniger.
Natürlich hatten sie auch ihre kleinen Hoffnungen. Auf

jeden Fall kamen sie auf ihre Kosten. Das merke ich an den verstohlenen Blicken, die sie mir noch heute zuwerfen.

Ihre heutigen Männlein wissen von nichts, und von mir werden sie auch nie etwas erfahren. Im Prinzip sehe ich das heute auch noch so, Dutch: Es war doch besser, wenn ich mit Mädchen von denen schäkerte... Auf diese Weise zog ich keines unserer Mädchen in den Dreck.

Dutch: Dan, hast du dabei wirklich die Linien beachtet? Kein einziger Schatten darf auf dich fallen. Ich setze auf deine Ernennung zum First Lieutenant unserer County-Jugendarmee.

Dan: Mach dir keine Gedanken. Durch mich wurde keine der beiden dick. Das besorgten erst ihre Männlein... Vielleicht auch deren Vertreter. Die Krevobuunba sollen einige extreme Sitten haben.

So ist es. Hinter der dünnen Fassade der Zivilisation verbergen sie ungezügelte Barbarei. Genau deshalb müssen wir den Krevobuunba deutliche Linien aufzeigen. Sie stehen mit ihrem animalischen Verhalten weit unter uns. Und sie werden dort unten bleiben. Unsere Armee des Lichts weist sie ständig auf die unsichtbaren Grenzen hin.

Yep! Denn Krevobuunba akzeptieren diese Tatsache leider nur, wenn sie ab und zu daran erinnert werden: Bei Mailers brannte der Schuppen, den Grands wurde die Ziegenherde gestohlen, auf den Gemüsebeeten der Clarks wendete ein Traktor.

Mein Vater murmelt manchmal, er finde diese Klarstellungen feige und hinterhältig.

Echt? Dein Vater übersieht das sehr hohe Risiko, erwischt zu werden. Die Krevobuunba nehmen dann recht

hinterhältig Rache. Und was sagt dein Vater zu dem ständigen Ärger mit den Sheriffs und dem Richter? Letztes Jahr quatschten Dylan, Matthew und Logan. Schon nach ihrer dritten Dose Bier prahlten sie mit Einzelheiten vergangener Nächte...
Wir und feige? Von wegen! Da muss genau geplant werden. Da muss klar sein, auf wen Verlass ist. Das brächte Captain Selbys Neffe Liam Dickingson in unserer Stadt doch gar nicht zustande. Im Nu würde die Hälfte von uns vor dem Richter stehen... –

Wir und feige?... Allein bei Jeff Powell... Bei dem würde ich deinem Vater recht geben. Der ist hinterhältig... Jeff war bereits als 15-Jähriger zu feige, sich mit seinem 12-jährigen Bruder anzulegen. Stark ist der nur hinter der Aktions-Maske. Hat er die auf, schlägt er sehr viel brutaler zu als notwendig. Und öfter. Letztes Mal trat er Joey Ripley ganz unnötig in den Bauch.

Dutch: Wir müssen darauf achten, welche Leute wir unsere Aktions-Masken aufsetzen lassen. In Milan steckte ein Pyromane in unseren Reihen. Ein 17-Jähriger. Das wurde dem Second Lieutenant der Jugendarmee dort erst klar, als es nicht nur bei den Krevobuunba brannte.

Dan: Der Pyromane war eine Ausnahme. Wer füllt denn sonst die Gefängnisse in unserem Land? Die Krevobuunba! Die sind immer noch fremd in unserem Land. Obwohl sie schon einige Generationen lang hier leben. Die verweigern sich unserer Kultur und entziehen sich unseren Gesetzen.

Die sind Barbaren, die bleiben Barbaren. Das steckt einfach in ihnen. Unauslöschlich. In ihrem Herzen, in ihren Genen, in ihrem Blut, in ihren Gefühlen, in ihrem Unbewussten. Das sind Erkenntnisse der Epigentik:

Vererbung erfolgt nicht nur durch die Gene, sondern auch durch Samen und Ei. Jeder Mensch hat durch seine Familienbiografie ein Erbschicksal.

Das heißt: Wenn wir mit denen von Busch und Baum diskutieren, dann verstehen sie uns. Sie geben uns auch recht. Aber aufgrund dessen, was ihnen vererbt wurde, erreichen selbst die plausibelsten Argumente nur ihre Stirn. Im Inneren beharren sie auf ihren Steinzeit-Regeln. Den Spielregeln der Wildnis, aus denen sie und ihre Vorfahren zu uns kamen.

Dan: Es ist besser, wenn jedes Volk sein Gebiet nicht verlässt. Wenn alle Gruppen ganz strikt getrennt bleiben. Es muss endlich Allgemeinwissen werden, dass jede Ethnie ihre besonderen Eigenarten hat.
Und alle Menschen müssen die Eigenschaften ihrer eigenen Spezies kennen. Ihr eigenes Erbgut müssen sie betonen, ausbauen und weiterentwickeln. Das ist Aufgabe jedes Einzelnen. Wir alle sind Teil eines Ganzen.

Da darf es nicht zu amourösen Blicken kommen oder sogar zu Vermischungen. Wir müssen unsere Traditionen, unsere Kultur, unsere Eigenschaften in Reinheit bewahren. Mischungen führen nach unten und zu Zerstörungen. Das ist das gefährliche an Megacitys.

Dutch: Charles Darwin entwickelte die Lehre vom „Survival of the fittest." Welche Tierarten setzen sich in der Natur durch? Die Tiere, die sich am besten den Erfordernissen der Umwelt anpassen können. Das gilt für Regenwürmer, für Katzen, für Blauwale und für uns Menschen.
Auch unter unseren Ethnien gibt es Auseinandersetzungen, Kampf und letztlich Krieg. Die tüchtigsten,

stärksten und klügsten gewinnen und erlangen letztlich die Herrschaft über die Welt: Survival of the fittest.

Dan: Du musst jetzt gehen. Sonst belegen andere die Dusche. Obwohl die meisten Gäste hier erst gegen 19 Uhr eintreffen.

Dutch: Ja, ich sause sofort los. Aber noch einmal zu unserem Absprung. Mein Part: Zuerst das Gewehr in den Keller bringen und dann gleich weg. Kreuzen Polizisten meine Bahn, spiele ich den Unwissenden. Bin völlig geschockt. Jemand wurde erschossen? Wer denn? Wo nur? Und wann? Wurde der Täter gefasst? …

Schon spurte ich los!

17.45 Uhr

Dan: Alles passt. König trat schon zweimal auf den Balkon. Gleich wird er wegfahren wollen.
Ordnung ist geladen und liegt parat.
Und der Himmel ist bewölkt. Die Sonne kann mich nicht blenden.
Unser Einschreiten bei König wird nur so flutschen.

Dutch: Irgendwie bestätigt sich heute alles von selbst. Keine Probleme hier, unsere Vorbereitungen passten. Beim Auskundschaften fielen wir niemandem auf. Hier ist uns keiner begegnet. Nicht einmal auf dem Weg zur Dusche.
Gleich werden außergewöhnliche Geräusche nicht gehört. Denn da drüben probt gerade ein Chor. Vom Fenster hier sehen wir alles, während wir kaum zu sehen sind.

Da! Drüben wandert König auf dem Balkon hin und her. Gleich werden wir die natürliche Ordnung herstellen. Alles erwächst aus unserer natürlichen Überlegenheit. Genau jetzt besteht der Zugzwang zu handeln.

Ganz bestimmt werden wir mit *Ordnung* wichtige Anstöße geben. Es geht um aktiven Schutz unserer Art. Schutz beinhaltet auch Gewalt. Jede Art will sich ausdehnen, auf Kosten der anderen. Der Kampf der Arten um die Vorherrschaft bringt die Welt weiter. So ist es.

Dabei werden Könige beseitigt, die der Entwicklung im Wege stehen. Zivilisationen verändern sich, neue Kulturen blühen auf. Und das, was unwert ist, stinkender Bodensatz, muss beiseite geräumt werden.

Dan: Yep! Darum sind wir die Armee des Lichts! Stell die Dusche an und halte die Decke bereit. Gleich nimmst du das Gewehr, ich unseren Rucksack. Treffpunkt Ausfahrt Parkplatz.

Eigentlich steht die Welt auf dem Kopf. Warum müssen wir uns wegen unseres Einschreitens verstecken? Die Welt muss anders werden, reiner und besser.

18.01 Uhr

Dutch: Warum zielst zu so lange?

Dan: Ich hatte noch nie einen lebenden Menschen im Visier.

Ein Mensch? Da drüben steht nur ein Krevobuunba. Wir haben alles Recht der Welt, gegen ihn einzuschreiten. Genau hier, genau jetzt, sind wir dazu verpflichtet. So ist es.

Yep. Ein Schuss auf diesen Fehlgriff der Natur. Schon ist eine Schlacht im Krieg der Arten gewonnen.

```
Stimme im Hof: Reverend nehmen Sie Ihre
               Jacke mit!    Heute Abend
               wird es kalt.
```

ZKWISS !

König

Am Donnerstag, dem 4. April 1968,

wurde

in Memphis,   im US-Bundesstaat Tennessee, am Mississippi
gelegen, über 600.000 Einwohner*innen

um 18.01 Uhr

Martin Luther King,

geb. 15.1.1929, in Atlanta,

Prediger der Ebenezer Baptist Church in Atlanta,

erschossen.

Seit 1986

würdigen ihn die Bürger*innen

der Vereinigten Staaten von Amerika

an jedem dritten Montag im Januar,

am **Martin Luther King Day**.

Ich werde kein Geld hinterlassen.
Ich werde keine vornehmen und luxuriösen Dinge
hinterlassen.

Ich möchte nur ein engagiertes Leben
hinterlassen.

Martin Luther King

Das ehemalige Lorraine-Motel, der Ort seiner Ermordung,
ist jetzt das National Civil Rights Museum.

44° Celsius   Altes Land, Sommer 2044

ISBN   9 783 750498655   228 S. – 8,99 €

E-Book 9 783 752618785

==

Europas rote Gespenster

Band 1   Friedrich Engels – Der kreative Schatten

ISBN   9 783752 832730   163 S., 6,99 €

Auch als E-Book

  -   - - - - - - - - - - - - - - - - - -
      -

Band 2 Karl Marx - Genie und Chaot

ISBN   9 783750   427457   220 S., 7,49 €

Auch als E-Book

==

Aus.Ende.Vorbei   -Dystopie-

ISBN   9 783748 140788   Auch als E-Book

==

Das Bernsteinzimmer: September 2001 Die letzten Protokolle

ISBN 9 783751 924450   Auch als E-Book